Il y avait un petit garçon qui habitait un pays de plaines. Tous les dimanches après-midi il allait se promener avec son père dans des chemins bordés de haies. Ils marchaient pendant des heures entre des murailles de clématites et d'aubépines. Ils avaient toujours envie de voir le pays qui les entourait.

En réalité, dans ces longues promenades, ils avaient toujours l'espoir d'aboutir finalement dans un endroit où il n'y aurait plus ces haies qui bouchaient la vue. Mais ils n'arrivaient jamais à en sortir. Un chemin bordé d'aubépines tombait dans un chemin bordé de hautes clématites, puis dans un autre bordé de petits érables

# Le petit garçon qui avait envie d'espace

JEAN GIONO ILLUSTRÉ PAR JEAN-LOUIS BESSON

GALLIMARD JEUNESSE

FOLIO CADET

Supplément réalisé avec la collaboration
de Dominique Boutel et Anne Panzani

ISBN : 2-07-052284-9

Loi n° 49-956 du 16 juillet 1949 sur les publications
destinées à la jeunesse
Numéro d'édition : 87761
Premier dépôt légal : juin 1995
Dépôt légal : juillet 1998
Imprimé en Italie par La Editoriale Libraria

touffus, puis dans un autre bordé d'aubépines, et ainsi de suite. A la longue, ils perdaient patience, et ils s'arrangeaient pour passer de l'autre côté des haies en empruntant les trouées destinées aux vaches. C'était pour se trouver tout simplement devant un carré de foin vert pas plus grand que la place du village et bordé lui-même de hautes barrières de peupliers, de trembles et de saules.

– C'est bête, disait le petit garçon, traversons le pré et allons voir ce qu'il y a de l'autre côté des arbres.

C’est ce qu’ils faisaient ; mais, de l’autre côté, c’était encore un carré de foin vert bordé de hautes barrières de peupliers, de trembles et de saules. Si bien que le père et l’enfant finissaient par marcher dans les chemins la tête basse, comme des condamnés à mort.

Cependant, le paysage autour d’eux était certainement vaste, et même il devait être beau. On pouvait s’en rendre compte grâce au vol des oiseaux.

Les canards sauvages passaient avec une telle lenteur majestueuse dans le ciel qu'on était bien obligé d'imaginer la grandeur des étendues sur lesquelles ils se promenaient ainsi en ménageant leurs forces. Les geais, les huppes, les mésanges bleues, même les pies qui déployaient des damiers en s'envolant, et même les corbeaux qui devenaient verts en plein soleil, montraient par la variété de leur plumage, par leurs diverses couleurs, toutes vives et vernies, que le pays était certainement très beau, puisqu'il avait obligé les oiseaux à revêtir des vêtements si magnifiques pour l'habiter.

Le père et le petit garçon marchaient donc la tête basse mais, du coin de l'œil, ils voyaient les oiseaux, ou bien ils étaient forcés de les entendre chanter, battre des ailes dans les feuilles, et ils entretenaient ainsi toujours dans leur cœur le désir de voir le pays.

C’est le petit garçon qui, un jour, eut une idée :

– Si je montais dans un arbre, dit-il. Pas très haut, juste assez pour dépasser la crête des haies, peut-être que je pourrais voir quelque chose. En tout cas, je te le dirais, et toi, qui es plus fort, tu grimperais jusqu’au sommet de l’arbre et tu me crierais tout ce que tu vois. Qui sait même si, en me tirant par le bras, tu n’arriverais pas à me faire monter, moi aussi, pour que je voie l’espace. De toute façon c’est mieux qu’ici dessous où l’on ne voit rien. Qu’est-ce que tu en dis ? Tu ne veux pas ?

– Ce n’est pas une mauvaise idée, ça, dit le père. Est-ce que, par exemple, tu pourrais grimper à ce peuplier ? Jusqu’à cette grosse branche-là. Ça me paraît facile.

– C’est très facile, dit le petit garçon. Tu vas voir.

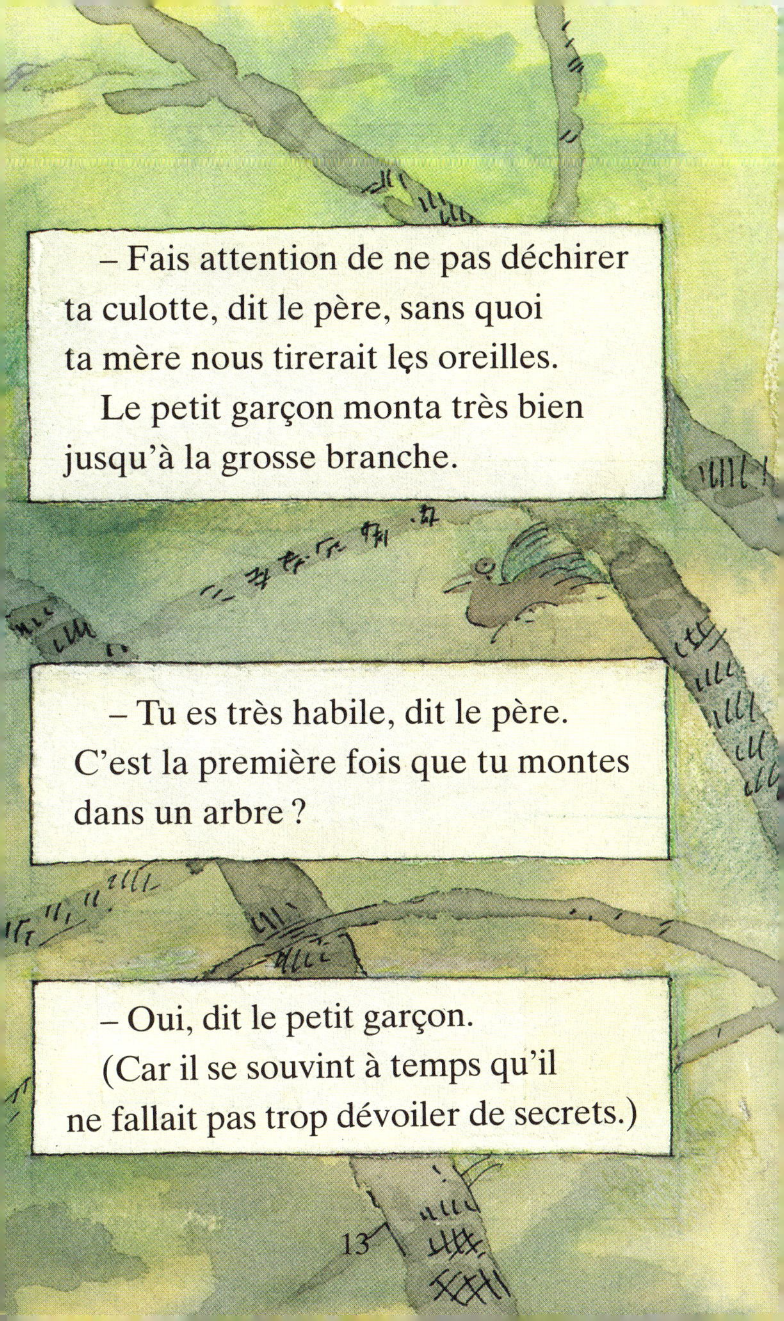

– Fais attention de ne pas déchirer ta culotte, dit le père, sans quoi ta mère nous tirerait les oreilles.

Le petit garçon monta très bien jusqu'à la grosse branche.

– Tu es très habile, dit le père. C'est la première fois que tu montes dans un arbre ?

– Oui, dit le petit garçon. (Car il se souvint à temps qu'il ne fallait pas trop dévoiler de secrets.)

– Alors, qu'est-ce que tu vois de là-haut ?

Le petit garçon se tourna de tous les côtés.

– Eh bien, dit-il, je ne vois absolument rien du tout.

– Mais quoi ?

– Exactement comme d'en bas. Les arbres me bouchent la vue. Il faudrait monter plus haut. Ou bien, tiens, il faudrait aller grimper dans ces arbres qui sont plus loin là-bas.

– Ce sera pareil, dit le père, tu seras comme une sauterelle dans le foin, tu n'arriveras jamais à voir par-dessus la cime des arbres et,

même si tu y arrivais, tu ne verrais que la cime des arbres. Descends.

Mais il fallut le répéter plus de trois fois. Le petit garçon était vraiment très malheureux : il avait entrepris quelque chose et il n'était arrivé à rien. Est-ce que c'était toujours comme ça ? Et même, il était en colère (c'était un joli petit garçon avec une grosse tête bien obstinée). Quand il fut en bas de l'arbre, son père lui dit :

– Arrive un peu ici que je te passe l'inspection. Si tu as verdi ta culotte, nous nous ferons gronder. Nous n'y couperons pas. Et maintenant, qu'est-ce que tu veux qu'on fasse ?

La seule chose que le petit garçon avait envie de faire, c'était de regrimper à cet arbre, mais bien plus haut, jusqu'au sommet. Puis, s'il ne voyait rien de là, courir à un autre arbre et grimper jusqu'au sommet. Et ainsi de suite, jusqu'au moment où, ayant trouvé un arbre convenable, il verrait de son sommet tout le pays s'arrondir autour de lui. Mais il se rendait compte que c'était très difficile de faire comprendre cette chose si simple à une grande personne. Alors il dit :

– Je ne sais pas, moi. Rentrons, si tu veux.

– C'est à peine le début de l'après-midi, dit le père. C'est trop tôt pour rentrer. Ta mère nous demanderait

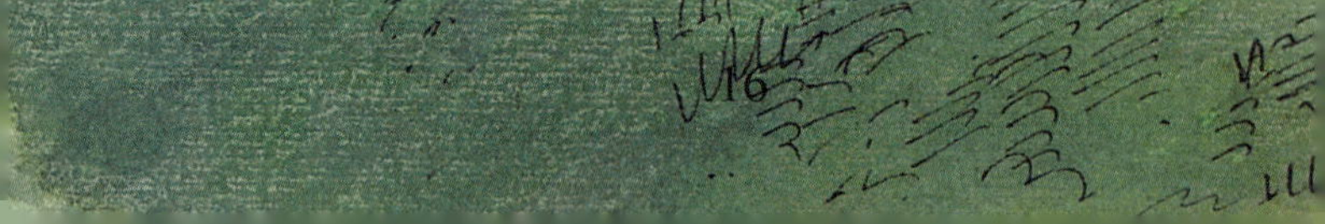

pourquoi nous sommes si tôt de retour. Nous avons le temps ; faisons quelque chose.

– Oui, mais quoi alors ?

– On va aller voir le moulin, si tu veux.

– On va toujours voir le moulin.

– Il y a huit jours qu'on n'y est pas allé. Si tu préfères, on fait le tour par la ferme des Chaband. Peut-être même qu'ils auront du miel.

Le miel était évidemment une chose intéressante. Mais aujourd'hui, plus particulièrement aujourd'hui, parce qu'il avait vraiment tenté quelque chose de nouveau pour s'élever au-dessus des haies, plus que de miel le petit garçon avait envie d'espace. Toutefois il était, malgré tout, d'un âge (il avait huit ans) et d'une condition (son père était menuisier) où l'on sait que, généralement, faute de grives on mange des merles. Il dit :

– Bon, si tu veux, allons chez les Chaband.

Mais à la ferme il n'y avait pas de miel. Les Chaband qui, d'habitude, donnaient chaque fois au petit garçon un morceau de gâteau de cire bien juteux qu'il pouvait mâcher tout le long de son retour à la maison, s'exclamèrent :

– Justement, tout le miel des ruches a été porté à l'essoreuse !

Cela semblait un fait exprès ! Ah non, il n'y avait pas de quoi être content de cette journée-là. Rien ne réussissait. Et le retour fut

bien morne. Il semblait que les haies n'avaient jamais été si hautes, ni si épaisses. Même l'odeur des sureaux était amère. Et la joie des oiseaux était bien pénible à entendre. Ils se réunissaient en grosses pelotes à l'approche du soir et ils faisaient de leur troupe comme un ballon élastique qui rebondissait de la prairie dans les feuillages, et de feuillages en feuillages. Mais à quoi bon les suivre du regard puisque parfois, quand ils sautaient très haut dans le ciel, ils se mettaient à y crier comme un couteau qui coupe

un citron, tant la joie qu'ils avaient
sans doute de voir à ce moment-là
le soir tout bleu s'étendre
sur les espaces du pays les excitait.
Tandis qu'en bas, dans les chemins
bordés de haies, on n'avait qu'une
ombre grise juste bonne à vous faire
détourner les pieds contre des pierres
ou dans les vieilles ornières dures.

– On dirait que tu n’es pas content, mon petit fiston, dit la mère. Tu n’as pas fait une bonne promenade ?

– Oh si, dit le petit garçon.

Mais le cœur n’y était pas.

Le père était très malin. Il était cependant un peu inquiet. Il n’était pas absolument certain d’avoir bien regardé la culotte. Il se demandait si elle ne portait pas quelque part une trace du vert des feuilles ou une trace d’écorce. Il savait qu’en ce qui concernait la pureté absolue de la culotte des dimanches, la mère avait un œil très perçant.

Il n'osa bien entendu pas parler de la tentative qu'il avait encouragée, et il prétendit qu'il était question de miel, mais en même temps il jeta au petit garçon un regard entendu. C'était somme toute très bon d'avoir un secret avec son père.
Cela consolait presque de n'avoir pas vu tout l'espace du pays. Mais presque seulement ; et sans la bonne odeur des copeaux et des planches rabotées qui venait de l'atelier, la soirée aurait été extrêmement triste.

Il y eut même un moment difficile à passer. Ce fut à la tombée de la nuit ; la mère tardait à allumer la lampe pour économiser un peu, et l'ombre démesurait l'espace entre les murs de la maison. Le coin où se tenait le balai semblait s'être éloigné à des centaines de kilomètres au fond desquels luisait une toute petite trace jaune qu'on pouvait imaginer être la lueur des lampes au-dessus d'une grande ville très lointaine. Le mur contre lequel était l'armoire avait reculé lui aussi, bien au-delà des haies et des barrières d'arbres, et il était très facile, de ce côté-là, de voir, comme du haut d'une montagne, tout un large pays nocturne plein de lacs qui luisaient, un peu roses (car c'était une armoire en bois de noyer verni).

Le petit garçon aurait dû être très content de ces visions. Puisqu'il voulait contempler l'espace, il en avait un à contempler cette fois. Mais non.

Enfin, la lampe fut allumée et il retrouva le balai et l'armoire avec plaisir. Il était comme un aviateur qui n'ose pas partir, comme un marin qui n'ose pas monter sur son bateau.

Il y eut ce soir-là, comme tous les dimanches, une très bonne tarte aux pommes, et le père (qui était malin) permit au petit garçon de boire un doigt de vin sucré ; puis il l'envoya au lit. Et c'est dans le lit que la chose arriva.

Le petit garçon allongea ses jambes dans les draps frais et il poussa un soupir. Il n'avait pas encore fini de pousser son soupir qu'il était en haut de l'arbre. Et de quel arbre ! On n'avait jamais vu un arbre comme ça ! D'abord immense. Et puis, savez-vous ce qu'il y avait dans cet arbre, c'est-à-dire

dans le feuillage de cet arbre ? Vous ne savez pas ? Eh bien, un escalier. Un escalier en colimaçon ! Un escalier avec une rampe pour ne pas tomber, et la rampe était exactement semblable à celle que le forgeron du village était en train de forger pour l'escalier de la maison neuve de Mme Burle. Le petit garçon ne pouvait pas se tromper ; il était resté près de la forge tout le jeudi à regarder battre le fer, il connaissait cette rampe comme sa poche. C'était elle, mais naturellement

bien plus longue, puisqu'elle courait tout le long de cet escalier en colimaçon qui perçait le feuillage du grand arbre comme un tire-bouchon. Et en lui-même cet escalier était déjà prodigieux. Imaginez qu'il tournait dans de telles épaisseurs de feuilles

que le petit garçon (qui montait, bien sûr) avait les narines pleines de cette bonne odeur d'anis que distille le feuillage des peupliers quand il est chauffé par le soleil, imaginez que cet escalier passait dans des tunnels pleins du miroitement de toutes ces feuilles tremblantes, qu'il était suspendu comme un pont sur un fleuve de verdure qui bruissait sous lui tout doucement comme de l'eau paisible. Tout ce que je vous raconte là, d'ailleurs : l'odeur, le miroitement, le bruissement, tout cet enchantement avait duré sans doute juste le temps de pousser le soupir, puisque, je vous l'ai dit, le soupir n'était même pas encore tout entièrement poussé que le petit garçon était déjà en haut de l'arbre, tellement il avait envie de voir enfin l'espace libre.

Et il le vit.

C’était comme un immense tapis sur lequel les couleurs dessinaient des formes : des carrés, des triangles, des rectangles, des losanges, ou bien de grandes formes avec de nombreux côtés. Toutes ces formes étaient cousues les unes aux autres, comme

les pièces de la belle descente de lit
que sa mère avait faite
avec des morceaux d'étoffe. Il y avait
des labours, des prés, des champs,
des vergers, des forêts. Et ce tapis
s'en allait aussi loin que l'œil pouvait
voir. Le plus grand étonnement
du petit garçon fut de se rendre
compte que l'œil pouvait voir si loin.

Il comprenait maintenant
ce qu'on voulait dire quand on disait
« à perte de vue ». C'était très loin.
C'était même si loin que peut-être ça
n'existait pas. Car sa vue à lui
ne se perdait pas, elle s'en allait
simplement jusqu'à l'endroit où
le tapis de l'espace rejoignait le tapis
du ciel. La vue ne pouvait pas aller

plus loin, parce qu'elle ne pouvait pas
passer entre les deux tapis joints.
Elle n'était pas perdue pour si peu.
Il était même certain que,
si on pouvait soulever le ciel,
ou un peu abaisser la terre, décoller
les deux tapis, la vue des hommes
(et du petit garçon) pourrait s'en
aller encore fort loin sans se perdre.

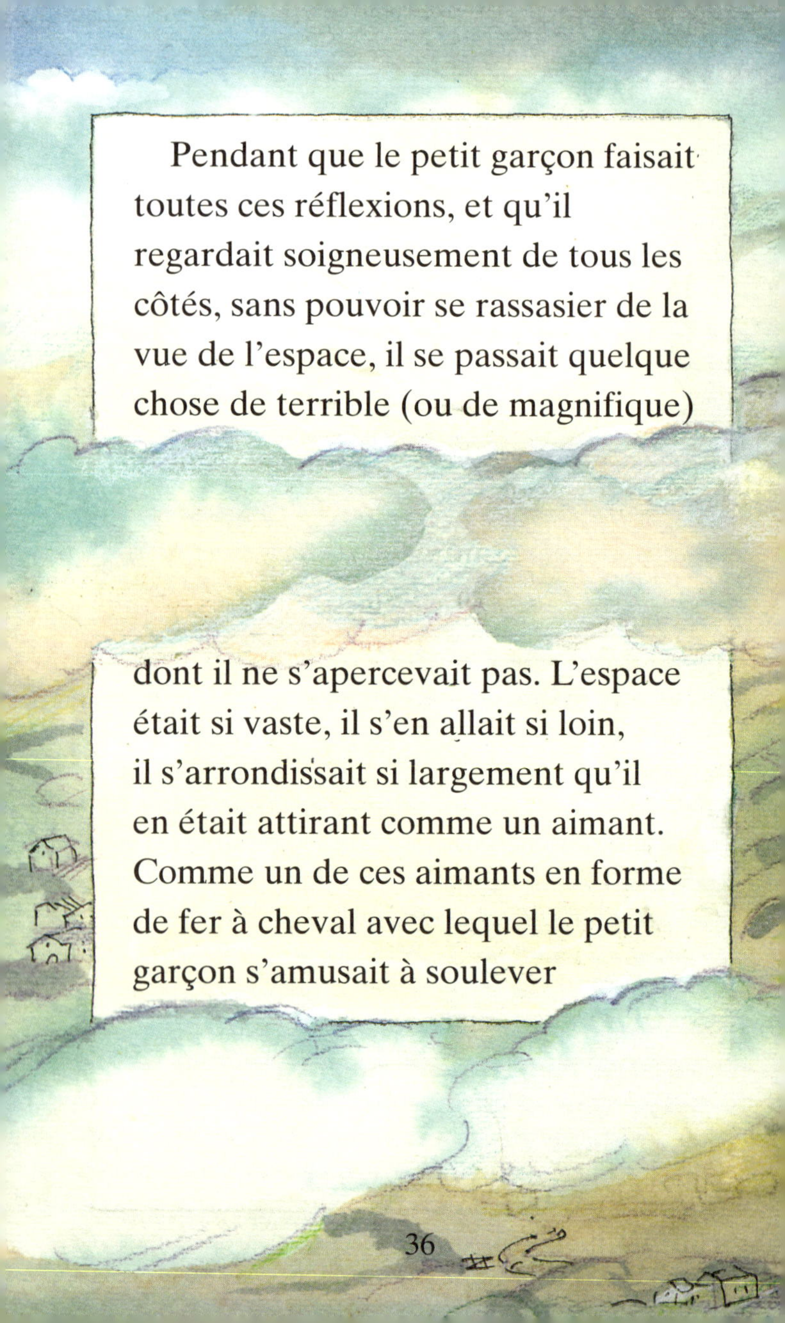

Pendant que le petit garçon faisait toutes ces réflexions, et qu'il regardait soigneusement de tous les côtés, sans pouvoir se rassasier de la vue de l'espace, il se passait quelque chose de terrible (ou de magnifique)

dont il ne s'apercevait pas. L'espace était si vaste, il s'en allait si loin, il s'arrondissait si largement qu'il en était attirant comme un aimant. Comme un de ces aimants en forme de fer à cheval avec lequel le petit garçon s'amusait à soulever

les plumes de son plumier.
Seulement, l'espace était un aimant énorme, et au lieu de soulever des plumes métalliques, sa force attirante soulevait le petit garçon lui-même. Il y avait longtemps déjà que ses pieds avaient quitté le sommet de l'arbre : quand il s'en aperçut, il était suspendu en l'air comme un oiseau. Sur le moment, il eut très peur, son ventre se serra. Tout le monde à sa place aurait poussé un cri.

Le sommet de l'arbre était en bas
loin au-dessous de ses pieds,
pas plus gros qu'une pointe d'épingle.
Mais il ne cria pas. Au contraire,
il serra les dents, tellement il avait
envie de profiter de l'espace
sous toutes ses formes et dans toutes
ses manifestations. Tout de suite
il se rendit compte que, si on aimait

l’espace, c’était cela qui arrivait
inévitablement et que,
par conséquent, il fallait s’y habituer.
C’était d’ailleurs facile, et le spectacle
était si beau que le petit garçon
oublia sa position extraordinaire
pour goûter son plaisir.

Il s'en allait maintenant carrément dans l'espace, et je vous garantis que, cette fois, il n'y avait plus de haies. Plus une miette ! Plus de barrières d'arbres ! Pas la queue d'une. Les haies étaient, loin en dessous, de petits traits noirs, les barrières d'arbres de petites sinuosités vertes, comme on en fait quand on promène son pinceau sur du papier avant de faire de la peinture. Il s'en allait droit devant lui, libre de regarder de tous les côtés à perte de vue (il n'était pas inquiet, il savait que la vue ne peut pas se perdre, il la laissait s'en aller toute seule). Il passait au-dessus de petits villages rouges, de petits lacs bleus, de fleuves verts, de montagnes blanches comme des pains de sucre.

Mon Dieu, qu'il y en avait, de ces villages, de ces lacs, de ces fleuves, de ces montagnes. Tout se touchait, c'était le cas de le dire. Il n'y avait pas un seul endroit du monde sans quelque chose. Là où l'on croyait qu'il n'y avait rien, eh bien, il y avait un désert ! Quel admirable monde ! C'était vraiment autre chose que la promenade au moulin, ou le tour par la ferme des Chaband !

Où était le moulin en bas dessous ? On ne pouvait pas savoir. Il y avait à l'instant même des centaines et des centaines de moulins. Et des moulins à vent, qui plus est ! Justement des moulins à vent que le petit garçon avait toujours désiré voir « en vrai » depuis qu'il avait lu *Don Quichotte*. Eh bien ils étaient là, pareils à des pâquerettes avec leurs grandes ailes blanches tournant autour de leurs toits jaunes. Il y en avait des tapis. Et les Chaband, qui sait où il sont dans toutes ces fermes en bas dessous ?

C'était naturellement impossible à savoir. Les abeilles, c'est très petit. Comment distinguer une ferme à ses abeilles ? Il y avait peut-être un moyen. Père avait dit un jour que les grands ennemis des abeilles, c'étaient les mésanges à tête bleue. Le petit garçon savait fort bien ce que c'était, une mésange à tête bleue : c'était un petit oiseau qui se réunit en troupe autour

des parages où il y a des ruches (non pas parce qu'il se nourrit de miel, mais parce qu'il se nourrit d'abeilles), un petit oiseau qui, lorsqu'il s'enfuit, ressemble à un éclair bleu. Et quand toute une troupe s'enfuit, quel bel éclair cela doit faire !

Et, en effet, voilà que, tout de suite, en bas dessous, autour de toutes les fermes, d'énormes étincelles bleues se mirent à éclater. Et pendant qu'ainsi, dans tout l'espace en train de vivre éclataient les étincelles bleues des fermes à abeilles, tournaient les ailes de pâquerettes des moulins à vent, rougissaient les toits des villages à travers les herbes (qui étaient des arbres), miroitaient les lacs, coulaient les fleuves, pointait le sucre des montagnes, devant ce spectacle si extraordinaire, le petit garçon poussa un cri. Il se réveilla.

– Qu'est-ce que tu as à bouger de cette façon, fiston, lui dit sa mère penchée sur lui. Allons, reste tranquille. Tu étais tout découvert.

Il soupira et se tourna sur le côté. Certes, le visage de mère sous sa coiffe de nuit était aussi très agréable à voir. Mais le plus important semblait être ailleurs désormais. « Je sais maintenant comment il faut faire pour dépasser toutes les haies et m'en aller bien plus haut que tous les arbres, se dit le petit garçon. Je sais désormais faire quelque chose de très important. »

(Qu'est-ce que ça peut bien être, cette chose si importante ?
Je ne sais pas, moi !)

**Jean-Louis Besson** est né en 1932 à Paris, pas loin du parc des Buttes-Chaumont, dont les arbres, pourtant touffus ou majestueux, ne l'empêchaient pas d'apercevoir le haut des immeubles de la rue Manin. Les mésanges, les huppes et les geais se faisaient remplacer par les moineaux, les pigeons et quelques corbeaux. Au lieu de ruches on trouvait des marchands de gaufres, ce qui, après tout, était aussi bien. Aujourd'hui Jean-Louis Besson ne possède toujours pas de maison de campagne mais n'en aime pas moins la nature : il a fait plusieurs fois pousser des tomates sur son balcon et donne en ce moment tous ses soins à un assez beau figuier qui, en plus de le régaler de ses fruits, lui permettra bientôt de lire tranquillement à l'ombre.

Jean-Louis Besson est l'auteur des titres suivants, parus dans la collection Découvertes Cadet :
*Le livre de l'histoire de France*,
*Le livre des découvertes et des inventions*,
*La mode à travers les siècles (tome I)*,
*Les uniformes militaires (tome II)*,
*Le livre des costumes traditionnels (tome III).*
Il est aussi l'auteur d'un dessin animé,
*Les aventures de l'énergie*,
paru dans notre collection Vidéo Junior.

# Le petit garçon qui avait envie d'espace

## Supplément illustré

# Test

Comme le petit garçon, es-tu assoiffé d'espace et d'infini ? As-tu toujours besoin de repousser les limites ou bien préfères-tu une bonne petite coquille bien confortable ? Choisis, pour le savoir, la réponse que tu préfères et reporte-toi à la page des solutions. *(Réponses page 56)*

## 1 Tu n'aimes pas prendre un chemin :

■ Qui n'est rien d'autre qu'une longue ligne droite

● Bordé de barrières ou de grillages

▲ Tortueux et escarpé

## 2 Tu prendrais plutôt :

■ Une allée bordée de sapins

▲ Un sentier de forêt

● Une route ensoleillée

## 3 Tu t'écarterais de ce chemin :

▲ Si tu trouvais un raccourci

■ S'il y avait une inondation

● S'il s'en présentait un autre plus joli

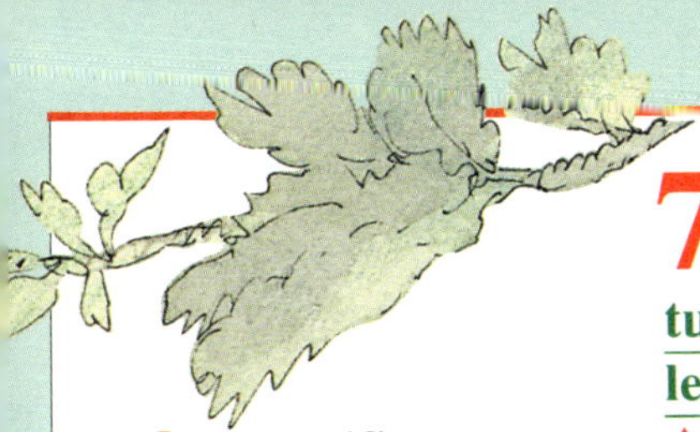

**4 Tu préfères habiter :**

● Tout en haut de la tour Eiffel

■ Dans les sous-sols de l'Opéra

▲ Dans un appartement tout à fait normal

**5 Le mot espace évoque pour toi :**

▲ Les planètes et les étoiles

● Des étendues infinies

■ Un monde inconnu

**6 L'énergie qui te convient le mieux :**

■ L'eau d'une source

● Un souffle d'air

▲ Un jet de lumière

**7 Le secret de la vie, tu penserais le trouver :**

▲ Au fond des mers

● Près des étoiles

■ Au centre de la terre

**8 Le cauchemar que tu redoutes :**

● Être enfermé dans une boîte

■ Être lâché dans l'espace

▲ Sauter d'un avion sans parachute

**9 Ton rêve serait :**

● De voler comme un oiseau

▲ De nager comme un poisson

■ De courir comme un guépard

# Informations

## Jean Giono, sa vie

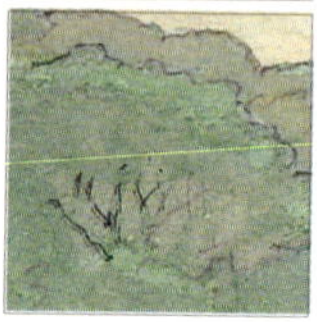

Jean Giono est né en 1895 en Provence, une région qu'il n'a jamais quittée et qui fut source d'inspiration inépuisable de toute son œuvre. Son père exerçait à Manosque la profession de cordonnier, et sa mère celle de repasseuse. Jean Giono était plutôt solitaire. Il n'avait ni frère ni sœur. Son père avait une passion pour les arbres ; et cette passion, il l'a communiquée à son fils qui en a fait le thème de *L'homme qui plantait des arbres* (Folio Cadet n° 180).

L'année 1911 a beaucoup compté pour l'auteur : il quitte pour la première fois sa région afin de se rendre dans le Jura. Puis il est obligé d'abandonner le lycée pour travailler, un an seulement avant le bac, car son père est tombé malade. Cette année-là, il devient un grand lecteur de classiques, de grands auteurs français, mais aussi de penseurs. Il est autodidacte, c'est-à-dire qu'il a forgé lui-même

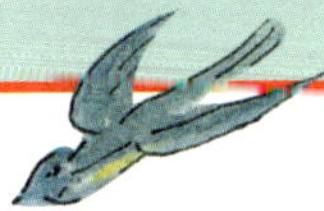

son instruction et sa culture.
L'histoire entre soudain dans sa vie d'une façon brutale puisque la guerre éclate, en 1914. Il part au front où il est confronté à l'enfer des tranchées ; et il perd son meilleur ami.

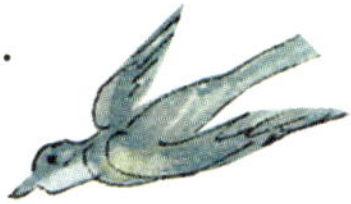

## Son œuvre

Cette expérience entraîna chez lui une profonde horreur de la guerre et un pacifisme qui lui valut parfois, surtout pendant la Seconde Guerre mondiale, d'être mal perçu.
A son retour, il reprend l'écriture.
Après son premier succès, *Colline*, en 1929, il achète le Paraïs, sa propriété de Manosque où il a vécu et écrit. Il a toujours travaillé au cœur de ce pays, sa Provence, devenue l'un des personnages centraux de son œuvre. C'est toute la nature qu'il y célèbre, symbole pour lui de liberté et de bonheur.
Beaucoup de ses romans ont été de grands succès : *Jean le Bleu*, *Le Chant de la terre*, *Regain*, *Que ma joie demeure*, *Le Hussard sur le toit*, et certains sont même devenus des films.
Il s'est lui-même beaucoup intéressé au cinéma et il a écrit le scénario de trois films.

# Jeux

## Le tapis en couleurs

«C’était un immense tapis sur lequel les couleurs dessinaient des formes.» Ce tapis, le petit garçon peut enfin l’admirer grâce à quelque chose de très important. Pour découvrir de quoi il s’agit, colorie, aux couleurs de ton choix, les cases du dessin ci-contre. Mais, d’abord lis bien toutes les affirmations qui suivent : certaines sont vraies, d’autres sont fausses. Une fois que tu as trouvé les vraies, colorie les cases que t’indiquent les chiffres. Tu verras alors apparaître le mot magique. *(Réponses page 56)*

**1.** L’enfant et son père marchaient tous les dimanches après-midi. (2-20-31)
**2.** L’enfant a douze ans. (5-18-25-32)
**3.** Le ciel était peuplé d’oiseaux splendides. (33)
**4.** Pour mieux voir le pays l’enfant décide de grimper à un arbre. (3-21-8)
**5.** Du haut de l’arbre, l’enfant voit beaucoup mieux. (4-14-16)
**6.** Les fermiers offrent du miel à l’enfant. (17-26-27-22-24)
**7.** Ils aboutissaient toujours sur

la place du village. (23-13-10-30)

**8.** Le père de l'enfant est menuisier. (9-15-1)

**9.** C'est en rêvant que l'enfant peut enfin contempler l'espace. (28-29-12)

**10.** L'enfant s'envole chaque nuit par la fenêtre de sa chambre. (6-7-11)

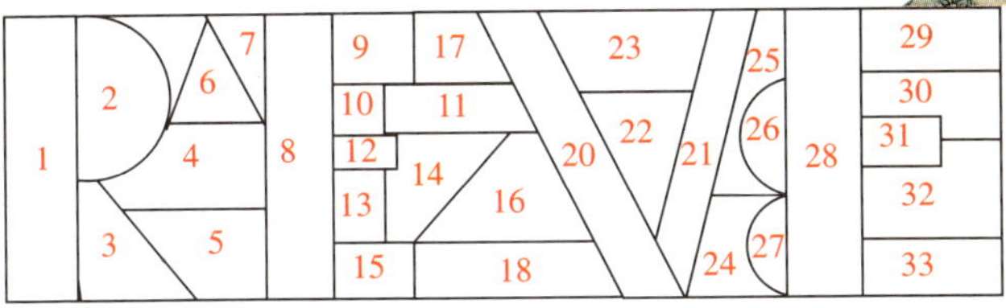


## Un mot d'espace

Trouve le mot qui se cache derrière cette définition. *(Réponses page 56)*

Sa première lettre est dans chat mais pas dans trace
Sa deuxième lettre est dans coin mais pas dans chien
Sa troisième lettre est dans voir mais pas dans voile
Sa quatrième lettre est dans ciel mais pas dans clef
Sa cinquième lettre est dans nez mais pas dans rien
Sa sixième lettre est dans toit mais pas dans fuite

Sa septième lettre est dans loin mais pas dans loir

# Réponses

**pages 50 et 51**

*- Si tu as plus de ● : Comme le petit garçon, tu as besoin et toujours envie d'espace. Tu aimes aller de l'avant et tu détestes être limité par des obstacles. Pour toi, la liberté, c'est avoir la possibilité d'explorer toujours plus loin, infiniment. Les chemins bordés d'arbres t'étouffent et tu ne songes qu'à t'envoler. - Si tu as plus de ■ : L'espace t'effraie un peu et tu préfères connaître des limites dans lesquelles tu t'épanouis mieux. Pour toi la quantité d'espace ne signifie rien, c'est la qualité qui compte : il vaut mieux un petit espace bien à soi qu'un immense espace inconnu et étranger. - Si tu as plus de ▲ : Tu as les pieds bien sur terre et tu apprécies l'espace même si tu peux t'en passer aisément. Tu as un bon sens pratique et le monde qui t'entoure te satisfait. Tu ne recherches pas particulièrement les limites mais elles ne t'empêchent pas de vivre. Les chemins bordés de taillis ne te cachent pas la couleur du ciel.*

**pages 54 et 55**

**Le tapis en couleurs :**

*Les affirmations n°1-3-4-8-9 sont vraies. Tu dois voir apparaître le mot RÊVE sur le tapis.*

**page 55**

**Un mot d'espace :** *Le mot à trouver est* HORIZON